園丁集

泰戈爾 著
糜文開、裴普賢 譯

序

沈剛伯

糜文開先生在印度時，曾對印度文學下過一番工夫。他翻譯的泰戈爾《漂鳥集》被人們認為比以前的幾種譯本都好，因而頗為暢銷。現在糜先生已經由一隻漂泊的鳥，變成巢居的鳥，其新夫人裴普賢女士在臺大研究並講授國文多年，對英、日文的文藝作品閱讀亦多。她和糜先生既由文字之交，結為連理，更因琴瑟之樂，而益勤寫作；竟於蜜月中，共將泰戈爾的《園丁集》譯出，作為他們同心合作的象徵，並藉示他們願在繆斯領域中，長做園丁的志趣。這比呂東萊之獨成博議，更為雋雅，真算得為今日的藝林添了一段佳話。

目前自由中國的文人都很忙，大半是公事不知從何忙起，家事不知如何忙完——男的忙於生火、掃地，女的忙於洗衣裳、帶孩子——三餐粗飯剛上口，便又要為明天的柴、米、油、鹽打算，忙著寫點東西去換稿費。在這樣心境中寫出來的作品，怕免不了要多少帶些酸氣、辣味；若果硬把溫柔敦厚的傳統尺度拿去衡量它，總會覺得有點不大合式，儘管酸刻而不溫柔，辛辣而欠敦厚的詩文並不見得就不好。今日臺灣的文藝可說是大體正在這種「窮而後工」的病態中發展。

然而糜、裴兩位作家確是例外。他們得天獨厚，竟能相互地浸淫於愛和美之中，而摒除一切人世間的煩惱。惟其如此，纔能體驗出泰戈爾所說萬有的愛和美的真諦，因進而翻譯他對於萬有的愛和美的那些讚頌——經過很親切的揣摩，他們的譯筆自然是信而且達了。我不能作詩，更不會譯詩，實在說不出什麼內行話來譽揚兩位的作品。可是我記得泰戈爾曾說過他的詩在百年之後，仍當有人誦讀；我現在希望，並祝福，這譯本的流傳也會如此。

四十六年七月

譯者弁言

這本詩集是泰戈爾躍登世界文壇的成名作。原係孟加拉文，由他自己譯成英文，於一九一二年攜帶出國，遊歷歐美各邦，大受西方人士的歡迎，因而一舉成名。翌年，他更以《頌歌集》榮獲諾貝爾文學獎金，震驚世界。沉悶的歐美文藝界，吸進了這口新鮮的空氣，頓時頭腦清新，激盪出一股新的潮流來。這兩書影響之大，可想而知。因此，這兩本集子，也最值得我們諷誦研究，細加玩味。據泰戈爾自述，《頌

園丁集

歌集》是純粹的宗教詩，而這本《園丁集》是愛和生的抒情詩。

《頌歌集》的迻譯，很費時費力。現在《園丁集》的翻譯工作，得內子普賢的合作，卻很快就完成了。工作開始時，我們隨意挑一篇各據一原本閉門試譯，再一起拿來仔細比較兩人譯筆的得失，擷取兩方的優點，合鑄成一篇較佳的譯作。後來各選自己喜歡的譯，譯成後互相校訂潤飾。而最後剩下難譯的幾篇，則兩人一同來揣摩研究，解決困難，逐一譯出。這樣興趣很好，不到兩個月，八十五篇全部都譯完。

普賢和我原是臺大文學院的同事，但是我們的認識，卻在沈剛伯先生的家裡，我們的結合，沈夫人是介紹人。《園丁集》的翻譯，是我們婚後第一次的合作，我們恭請沈先生賜撰序文，以留紀念。沈先生在序文中祝福這譯本百年流傳，這是似易而實萬難實現的事，這過高的期望，使我們十分惶恐，不得不把全部譯文再重新推敲一遍，盡其在我，以冀萬一，並誌數語，以表對沈先生闔府的謝忱。

民國四十六年八月文開記於臺北中和鄉

1

侍臣

憐憫你的侍臣吧，女王！

女王

會已開完，我的侍臣們已散，你為什麼來得這樣晚？

侍臣

要你接見別人以後才輪到我。我來請問，留下了什麼事情，給你最後的侍臣去做。

女王

現在太遲了，你還能希望什麼呢？

侍臣

派我做你花園的園丁。

女王

這是多麼愚蠢啊！

侍臣

我不願幹別種的工作。

我把我的刀槍扔在地下。不要派遣我到遠處的宮庭；不要命令我從事新的征戰。只要求派我做你花園的園丁。

女王

那末你負些什麼責任呢？

侍臣

侍奉你閒暇的時日。

我將使你清晨散步的草徑保持新鮮，在那裡你玉趾的每一腳步都受到繁花的歡迎，受到它們拚命地禮讚歡迎。

我將使你在莎布答巴那樹間盪鞦韆，在那裡，黃昏的早月將掙扎著穿過樹葉來吻你的衣裙。

我將用香油注滿點燃在你牀頭的燈盞，並用檀香和鬱金的軟膏做成奇妙的圖案，來裝飾你的腳凳。

女王

那末你要什麼酬報？

侍臣

容許我握你那嬌嫩如蓮蕾的纖手，把花環戴在你的手腕上；用無憂花瓣的鮮汁塗染你的足掌，而且吻去偶或沾留在那兒的塵土之汙斑。

女王

你的請求我答應了，我的侍臣，你可做我花園的園丁。

2

「啊，詩人！黃昏漸漸臨近了；你的頭髮在轉成灰白。

你在孤寂的默想中，可曾聽到來世的訊息？」

詩人說：「是黃昏了，我正諦聽著，因為也許有人會從村莊呼喊，雖則天已很晚。

我留意是否年輕的散失之心已相會，兩對熱切的眼，祈求音樂來打破他們的沉默，代他們訴說一番。

假使我坐在生命的海岸上默想死亡與來世，那末，有誰來編製他們熱情的歌曲？」

「黃昏的早星隱沒了。

火葬柴堆的光焰在靜寂的河邊慢慢地熄滅了。

在殘月的清光裡，從荒屋的庭院中傳來豺狼的合唱聲。

假使有個流浪者離開了家來此守望那夜色，低頭諦聽黑暗的喃喃自語聲，假使我關閉著門戶，竟想離開那塵世的羈絆而自求解脫，那末，有誰來向他耳中低語那生命的祕密？」

「我的頭髮轉成灰白，只是小事一件，無足輕重。
我永遠同這村中最年輕的一樣年輕，最年老的一樣年老。
有的人微笑，甜蜜而單純，有的人眼睛裡閃爍著狡黠的目光。
有的人白日裡淚如泉湧，有的人躲在黑地裡吞聲飲泣。
他們都需要我，我無暇去思想來世的一切。
我和每一個人是同年伴，假使我的頭髮灰白了，那算得了什麼一回事？」

3

清晨，我把網撒到海裡去。

從黯黑的深淵，我拖出一些奇異瑰麗的東西——有的像一個明媚的微笑，有的像晶瑩的淚珠的閃耀，有的泛溢著新娘面頰般的紅暈。

當我揹著一天的收穫回家時，我的愛人正坐在花園裡悠閒地撕著一朵花的花瓣兒。

我遲疑了一下，然後把我所有撈獲的東西放到她的腳邊，默默地站在那兒。

她瞥視了一下說：「這是些什麼怪東西？我不知道它們有什麼用處？」

我羞愧得低頭沉思：「這些並不是我去爭鬥來的，也不是從市場上買來的；這些，對於她是不合適的贈禮。」

於是在一夜之間，我把它們一個個地扔到街上去。

早晨，旅客們到來；他們把這些東西撿起帶到遙遠的國度去。

4

啊！為什麼他們把我的房屋建築在通往市場的路邊？
他們把載滿貨物的船隻碇泊在我的樹叢的附近。
他們來來往往，任意游蕩。
我坐在那兒看他們；我的時光就此耗損。
把他們趕走，我做不到，而我的日子就這樣消逝了。
夜晚和白晝，他們的腳步聲在我門旁響著。
我徒然叫喊：「我不認識你們。」

他們之中，有些人我的手指認識，有些我的鼻孔認識，我血管中的血液似乎認識他們，而他們有的卻是我夢幻裡的熟人。

把他們趕走我做不到。我招呼他們，說道：「不論是誰，願意的就到我屋子這兒來吧。是的，來吧！」

清晨，寺院裡響起了鐘聲。

他們手提著筐籃來到了。

他們的兩腳潤紅，臉上映著曦微的晨光。

把他們趕走，我做不到。我招呼他們，說道：「到我的花園來採擷花朵吧。到這兒來吧！」

正午時宮殿的門口響起了銅鑼的聲音。

我不知道為什麼他們放下他們的工作而在我籬邊逡巡。他們頭髮上的花朵蒼白而枯萎；他們笛子裡發出的音調懶散而低微。

把他們趕走我做不到，我招呼他們，說道：「我這兒的樹蔭很涼爽。來吧，朋友們！」

夜晚，蟋蟀在樹林裡唧唧鳴叫。

那慢步來到我的門前，輕輕叩門的是誰啊？
我模糊地看到他的臉，他一言不發，天空的寂靜籠罩著四周。
把我緘默的來客趕走我做不到，我透過黑暗瞧他的臉，多少酣夢的時刻消逝了。

5

我焦躁，我渴想遙遠的東西。

我的靈魂為熱望碰觸那朦朧遠方的邊緣而出竅。

哦，偉大的遠方，哦，你笛子的熱烈呼喚！

我忘卻，我老是忘卻，我沒有翅膀來飛，我始終被羈留在這個地點。

我熱切，我驚醒，我是一個異域的生客。

你的呼吸對我悄悄地說著一個不可能的希望。

你的言語深獲我心，便像是我自己說的一般。

哦，夢寐求之的遠方，哦，你笛子的熱烈呼喚！

我忘卻，我老是忘卻，我不識路途，我沒有生翼的天馬。

我沒有留意，我是一個在我心中流浪的人。

在陰鬱時刻的晴朗煙霞中，你的多麼廣大的幻影，顯現在天空的一片蔚藍裡！

哦，天涯海角的遠方，哦，你笛子的熱烈呼喚！

我忘卻，我一向忘卻我獨居之屋裡的門戶處處都關閉著！

6

被飼養的鳥住在籠子裡，自由之鳥住在山林中。

牠們在機緣湊巧的時候相會了，那原是命運的安排。

自由鳥高聲喊叫道：「啊！親愛的，讓我們飛到林中去吧！」

籠中鳥悄聲說：「到此地來，讓我們都住在籠子裡吧！」

自由鳥說：「籠子裡那兒有展翼的餘地？」

「啊呀！」籠中鳥喊道：「在天空裡我不知道那兒是棲身之所？」

自由鳥大聲叫道：「親愛的，唱些森林之歌吧！」
籠中鳥說：「坐在我身邊，我教你一些學者的語言。」
林中鳥喊道：「不，啊不！歌曲是永遠不能教的。」
籠中鳥說：「可憐的我，我是不懂森林之歌的呀！」

牠們的愛情因渴慕而熱切增強，然而牠們卻永不能比翼雙飛。

透過籠子的柵欄，牠們相對凝視，可是想彼此瞭解的願望卻是徒然的。

牠們在熱望中撲動雙翅，唱道：「靠得更近些吧，親愛的！」

自由鳥叫道：「這辦不到，我害怕那籠子上關閉著的門扉。」

籠中鳥悄聲說：「啊呀，我的雙翅無力而僵硬了。」

7

哦，母親，年輕王子要打從我們門前經過——今朝我怎能從事於我的工作？

指點我，怎樣梳理我的頭髮；告訴我，穿上什麼新裝。

你為什麼吃驚地瞪著我啊，母親？

我清楚地知道他將不會一顧我的窗子；我知道他將在一轉瞬間便走過我的視線；只剩那消失的橫笛之曲調，遠遠地向我嗚咽泣訴。

但是年輕王子將打從我們門前經過，就為那一剎那我將穿戴我最好的服飾。

哦，母親，年輕王子已經走過我們的門前，朝陽閃耀了他的車輦。

我把我臉上的面紗掠向一邊，我從頸上拉下我紅寶石的項鍊，拋擲在他要經過的路上。

你為什麼吃驚地瞪著我啊，母親？

我清楚地知道他不曾拾起我的項鍊；我知道項鍊碾碎在他的車輪下，剩下一個紅色汙點在塵埃中，而無人知道我的禮物是什麼，也不知道是送給誰的。

但是年輕王子已經走過我們的門前，而我把我胸前的珠寶拋擲在他經過的路上。

8

當燈光在我床頭熄滅時，我和早起的鳥兒一同醒來。

我在蓬鬆的頭髮上戴了新鮮的花冠，坐到我開著的窗口。

在早晨玫瑰色的霧靄裡，年輕的旅客，沿著大路走來。

珍珠項鍊掛在他的頸項上，陽光落在他的皇冠上。他停在我的門前，熱切地高聲問我：「她在那兒？」

為了很怕羞，我難於啟齒說：「她是我，年輕的旅客，她就是我啊。」

時已黃昏，燈盞還未點亮。
我沒精打采地編結著我的髮辮。
在夕陽的紅光中，年輕的旅客，乘著馬車到來。
他的馬匹嘴裡吐著泡沫，他的衣服上撒滿了塵土。
他在我的門口下了車，用一種疲乏的聲音問道：「她在那兒？」
為了很怕羞，我難於啟齒說：「她是我，疲乏的旅客，她就是我啊。」

是一個四月的夜晚，我的房裡點亮了燈。

南來的微風柔和地飄揚，吵鬧的鸚鵡已在籠中瞌睡。

我的胸衣是孔雀頸項的顏色，我的外套有如嫩草般青翠。

我坐在窗口的地板上，凝望著闃無行人的街道。

整個的黑夜，我一直都在低吟：「她是我，失望的旅客，

她就是我啊。」

9

當我在夜裡獨自去赴我愛人的約會，鳥兒不鳴，風兒不動，街道兩旁的房屋悄然靜立。

只有我自己的踝鈴聲一步響似一步，使我自覺羞慚。

當我坐候在我的露臺上諦聽他的足音，林間的樹葉不發蕭蕭之聲，河裡的流水靜止著有如入睡哨兵膝上的寶刀。

只有我自己的心狂跳著——我不知怎樣去平靜它。

當我的愛人到來，坐在我身邊，那時我的身體震顫，我的眼瞼下垂，夜色黝黑而風吹燈滅，雲兒拉上帷幕遮蓋掉星辰。

只有我胸前的珠寶閃耀生光，我不知怎樣去掩蔽它。

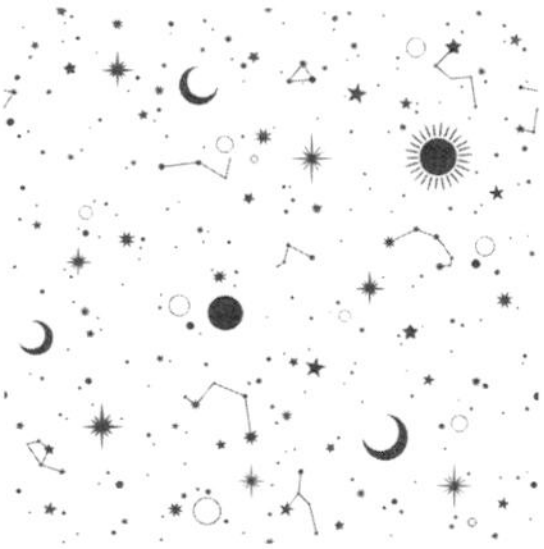

10

放下你的工作吧，新娘，聽，客人已經來到了。

你可聽到他不是正在輕輕搖動拴住大門的鎖鏈嗎？

當心不要讓你的腳鐲發出響亮的聲音，你迎迓他的腳步也不要過於急促。

放下你的工作吧，新娘，客人已經在黃昏裡來到了。

不，那不是陰森森的風聲，新娘，不要害怕。

是四月夜晚的滿月；庭院的陰影是暗淡的；頭上的天空

是晴朗的。

把面紗蒙在你的臉上吧，如果你一定要那樣做；把燈盞帶到門口去吧，如果你害怕。

不，那不是陰森森的風聲，新娘，不要害怕。

如果你怕羞，就不要同他講話吧；當你迎接他時，站在門的一邊好了。

如果他問你問題，而你願意緘默的話，就不妨默默垂下你的眼睛。

當你手持燈盞引他進來時，不要讓你的手鐲玎玎璫璫。

假如你害羞，就不要同他講話吧。

你還沒完成你的工作嗎，新娘？聽，客人已經來到了。

你還沒點亮牛棚裡的燈盞嗎？

你還沒準備好晚禱時奉獻的花籃嗎？

你還沒在你頭髮的分梳處塗上吉祥紅點嗎？你的晚粧還沒停當嗎？

啊！新娘，你可聽到客人已經來到了嗎？

放下你的工作吧！

11

當你前來，請勿滯留在你的梳妝臺上。
假使你的髮辮鬆散了；假使你分髮的路沒有分直；假使你胸衣上的緞帶沒有繫住，都沒有關係。
當你前來，請勿滯留在你的梳妝臺上。

來吧，用快步越過那草地。
假使你腳上的硃紅因露濕而褪色；假使你踝鈴的聲音不響亮了；假使你項鍊上的珠子脫落了，都沒有關係。

來吧，用快步越過那草地。

你看到那雲霾遮蔽了天空嗎？
鶴群從遠處的河岸飛起，突發的狂風偷襲過荒地。
焦急的牛群奔向牠們村中的牛棚。
你看到那雲霾遮蔽了天空嗎？

你點燃你梳妝臺的燈也徒然——牠在風中搖曳熄滅了。
誰能知道你眼瞼上不曾碰到燈煤呢？因為你的眼睛比雨雲還黑。

你點燃你梳妝臺的燈也徒然——牠熄滅了。

就照你這樣來吧，請勿滯留在你的梳妝臺上。

假使花環還沒有編成，有誰在意呢？假使腕鍊還沒有繫上，那就算了。

天空滿布雲霾——時間已遲了。

就照你這樣來吧；請勿滯留在你的梳妝臺上。

12

如果你願意忙碌，願意灌滿你的水壺，來吧，啊，到我的湖邊來吧。

湖水將親切地偎依在你的腳邊，潺潺地訴說牠的祕密。

欲雨的陰暗籠罩著沙灘，雲層低壓在一排青碧的樹木上，正如眉毛上面覆蓋濃重的頭髮。

我很熟悉你腳步的韻律，牠們在我心坎上拍奏。

來吧，啊，到我的湖邊來吧，如果你一定要灌滿你的水壺。

如果你願意偷懶閒坐，並且讓你的水壺在水上漂浮，來吧，啊，到我的湖邊來吧。

草坡一片碧綠，野花無數。

你的思想將似鳥兒離巢般從你烏溜溜的眸子裡逸出。

你的面紗將落到你的腳邊。

來吧，啊，到我的湖邊來吧，如果你一定要閒坐。

如果你願意丟下你的遊戲，願意在水裡潛游，來吧，啊，到我的湖邊來吧。

把你藍色的斗篷留在湖畔吧；碧綠的湖水將掩藏起你。

波浪將踮起腳尖兒去吻你的頸項，在你耳邊悄聲細語。
來吧，啊，到我的湖邊來吧，如果你願意在水裡潛游。

如果你一定要瘋瘋癲癲，一定要躍向死亡，來吧，啊，
到我的湖邊來吧。

湖水冰涼而深不可測。
湖水黑暗像無夢的酣眠。
在湖水的深處，晝夜不分，歌曲就是沉默。
來吧，啊，到我的湖邊來吧，如果你願意投水自盡。

13

我無所要求，就只願站在那兒，站在森林邊緣的樹後面。

黎明的倦眼猶自惺忪，空氣中仍含朝露。

濕草的懶意，懸留在地面上的薄霧中。

在菩提樹下，你用你的柔軟鮮艷如白脫油般的手擠那母牛的乳。

而我兀自站在那兒。

我默不作聲，從林藪傳來看不見的鳥兒之清音。

芒果樹的花兒向村路上飄落，一隻隻的蜜蜂嗡嗡地飛來。
在池塘邊自在天寺的大門敞開著，禮拜者開始了他的諷誦。

你將盆兒放在膝頭張著擠牛乳。
我拿著空罐站在那兒。

我沒有走近你。
廟裡的鑼聲驚醒了天宇。
大路上塵土飛揚，起自被驅牧群的牛蹄。
水聲汩汩的水壺靠在臀部，婦女們自河邊歸來。

你的手鐲兒玎瑲，泡沫溢出牛乳瓶外。
清晨將度過，而我沒有走近你。

14

中午已過，竹枝在風中沙沙作響，我躑躅在路旁，不知道為了什麼。

前俯的樹影伸出手臂捉住匆促日光的雙足。

布穀鳥唱厭了牠們的歌曲。

我躑躅路旁，不知道為了什麼。

懸垂的大樹，蔭蔽著水邊的茅舍。

有個人在忙著她的工作，她的手鐲在角落裡奏出音樂來。

我站立在茅舍的門前，不知道為了什麼。
曲折的小徑，通過許多塊芥菜田，許多個芒果林。
它經過村子裡的寺院，碼頭上的市集。
我停留在茅舍的旁邊，不知道為了什麼。

那是多年前，微風飄拂的三月天，春的細語是慵倦的，
芒果花正掉落在塵土上。
粼粼的水波急盪，水花舐吻著放在河畔踏級上的銅壺。
我懷念那微風飄拂的三月天，不知道為了什麼。

黑影漸濃，牛羊也回到牠們的欄裡去了。
孤寂的牧場上暮色蒼茫，村裡的人正在岸邊等候渡船。
我慢慢地踱回我的腳步，不知道為了什麼。

15

我飛馳著像一隻麝鹿，因自己的香氣而瘋狂，飛馳於森林的陰影裡。

夜是五月中旬的良夜，風是從南方來的薰風。

我迷途，我漫遊，我尋覓的東西我不能獲得，我獲得的非我所尋覓。

我自己慾望的肖像從我心頭出來舞蹈。

那閃爍的幻象飛翔著。

我想緊緊地握住它，它卻避開我，引我入迷途。
我尋覓的東西我不能獲得；我獲得的非我所尋覓。

16

手挽著手，凝眸相視：如此開始了我們心聲的記錄。那是三月裡的月明之夜；空氣裡飄蕩著指甲花的芬芳馥郁；我的橫笛被遺忘在地上，你的花環還沒編好。你我之間的這種愛情，單純似一支歌曲。

你的鬱金色的面紗使我兩眼迷醉。

你為我編的素馨花環像讚美詞似的使我意亂神迷。

那是一種欲予故奪，欲露而故藏的遊戲；一些微笑，一些輕微的羞怯，沒有一些甜蜜的無用的掙扎。

你我之間的這種愛情，單純似一支歌曲。

沒有超越現實的神祕；沒有對不可能的事物的強求；沒有藏在魅力背後的陰影；也沒有在黑暗深處的摸索。

你我之間的這種愛情，單純似一支歌曲。

我們並不離棄一切語言而走入永遠緘默的歧途；我們並不向空虛伸手，去探求超乎希望的事物。

我們所付出的和所獲得的已經足夠。

我們不曾歡樂過度，不致從歡樂中榨出痛苦的醇酒。
你我之間的這種愛情，單純似一支歌曲。

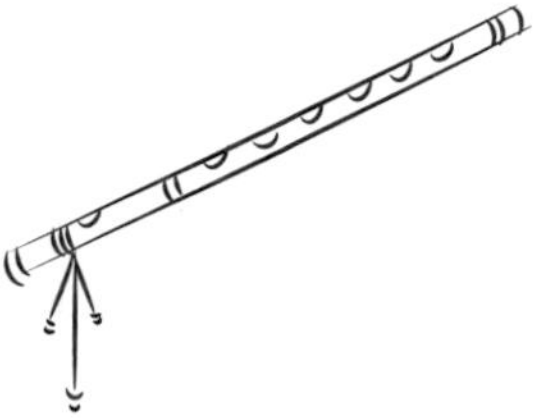

17

黃鳥在樹上唱歌，使我心愉快而舞蹈。
我倆同村而居，這便是我們的一項歡喜。
她寵愛的一對小羊來到我們花園裡樹蔭下吃草。
假使小羊闖入我們的大麥田，我就把它們雙手抱起。
我們村莊的名字叫坎伽那，我們的河被稱為安伽那。
我的名字全村都知道，她的芳名叫蘭伽娜。
我倆之間只隔著一塊田地。

蜜蜂營巢於我們的樹林裡，飛到她們那邊去採蜜。
她們河埠上扔下的花朵，漂浮到我們沐浴的河邊來。
一籃籃乾的古斯姆花從她們的田裡，送到我們的市場上來。

我們村莊的名字叫坎伽那，我們的河被稱為安伽那。
我的名字全村都知道，她的芳名叫蘭伽娜。

通達她屋子彎彎曲曲的小巷，春天有芒果花的芬芳。
當亞麻子在她們的田裡成熟而收穫，大麻在我們的田裡開花。

她們屋頂上的星星微笑著，送給我們同樣一閃閃的眼光。
雨水漲滿了她們的池塘，也愉悅了我們的迦達姆樹林。
我們村莊的名字叫坎伽那，我們的河被稱為安伽那。
我的名字全村都知道，她的芳名叫蘭伽娜。

18

當姊妹倆去汲水時，她們來到這個地方就微笑了。

她們一定覺察到了：每逢她們去汲水，總有個人站在樹木的後方。

當她們經過這個地方，姊妹倆竊竊私語。

她們一定猜到了那個人的祕密，每逢她們去汲水時，他總是站在樹木的後方。

她們的水壺突然傾斜，壺裡的水往外流瀉，當她們來到這個地方。

她們一定發覺那個人在心跳，每逢她們去汲水時，他總是站在樹木的後方。

姊妹倆相視而笑，當她們來到這個地方。

在她們輕捷的腳步裡有一種使那人心迷意亂的歡笑；每逢她們去汲水時，他總是站在樹木的後方。

19

你抱著裝滿的水壺在你的臀上，走過河邊的小徑。

你為什麼迅捷地轉過臉來，透過飄揚的面紗窺視我？

你從黑暗中投到我身上的閃耀的顧盼，像微風透過粼粼水波，送來一陣顫抖而又把牠吹向蔭翳的岸邊。

你投到我身上的顧盼，像黃昏時的飛鳥急速地穿過無燈的房間，從一個開著的窗子進去，從另一窗子飛出，而消失在黑夜裡。

你隱藏著，像星星之在山嶺後面，而我是路上的一個過客。

但是為什麼你停留片刻，透過面紗瞥視我，當你抱著裝滿的水壺在你臀上，走過河邊的小徑？

20

日復一日，他來了又去了。

去吧，朋友，從我的鬢髮上摘下一朵花兒去送給他吧。

如果他問贈者是誰，我懇求你不要告訴他我的名字——

因為他只不過是來了又去了。

他坐在樹下的塵土裡。

我的朋友，用花和葉在那兒鋪個坐墊吧。

他的眼神是悲哀的，也給我帶來了悲哀。

他並不訴說他的心事，他只不過來了又去了。

21

在天剛破曉的時候，這個流浪的年輕人，為什麼偏偏來到我的門口呢？

當我出出進進，每次打他身邊經過時，我的眼睛總被他的面孔吸住。

我不知道是應該同他講話呢，還是保持緘默，為什麼他偏偏來到我的門口呢？

七月裡陰沉的夜是黑暗的；秋空的藍色是柔和的；南風

薰人的春日是搖神蕩魄的。

每次，他都是用新穎的調子編織他的歌曲。

我放下我的工作而我的眼睛模糊不清，為什麼他偏偏來到我的門口呢？

22

當她快步從我身邊經過時，她的衣裙的邊緣碰觸了我。

從一個心靈的無名島上，吹來一股突如其來的春天裡溫暖的氣息。

衣裙疾速碰觸的飄動拂拭著我，而轉瞬即逝，彷佛那撕碎的花瓣飄蕩在微風裡。

這飄忽的碰觸落在我的心上，彷佛是她肉體的歎息，彷佛是她心靈的低訴。

23

為什麼你只是悠閒地坐在那兒，弄得你的手鐲玎璫作響呢？

灌滿你的水壺吧，是你回家的時候了。

為什麼你只是悠閒地雙手攪動著河水，時而瞥視大路上的什麼人？

灌滿你的水壺回家來吧。

早上的辰光逝去——黝黑的河水奔流不已。
波浪只是悠閒地喧笑著，又竊竊私語。

在那丘陵的彼方，浮雲已聚集在天邊了。
浮雲徘徊留連，只是悠閒地望著你的臉微笑。
灌滿你的水壺回家吧。

24

朋友！不要守住你內心的祕密。

悄悄地告訴我吧，只告訴我一個人。

你，那麼溫和的微笑，輕柔的低語，我的心會聽到，而不是我的耳朵。

夜深了，屋子靜寂，鳥巢也籠罩著睡意。

透過欲泣猶止的眼淚，透過躊躇不決的微笑，透過甜蜜的羞怯和痛苦，把你心中的祕密告訴我，告訴我吧！朋友。

25

「年輕人，到我們這兒來，老老實實地告訴我們，為什麼你眼睛的神態，露著瘋狂？」

「我不知道我喝了一種什麼野罌粟花的酒，使得我的眼睛露著瘋狂。」

「啊！真丟人！」

「噢！有些人是聰明的，有些是愚蠢的，有些人是謹慎的，有些卻是粗心大意的。有些眼睛微笑，有些眼睛流淚——而在我的眼睛裡卻是瘋狂。」

「年輕人，為什麼你一動也不動地站在樹蔭裡？」

「我心裡的重擔使得我的雙腳疲憊，所以我就一動也不動地站在樹蔭裡。」

「啊！真丟人！」

「噢！有些人邁步前進，有些卻徘徊逡巡，有些人自由自在，有些卻被囚禁——而我的雙腳，就因心裡的重擔，覺得步履艱難。」

26

「我接受你自己樂於施捨的，我別無他求。」

「是的，是的，我懂得你，謙遜的乞者，你要求的是人家所有的一切。」

「假使有一朵飄零的落花給我，我將把它戴在我的心上。」

「但是，假使那兒有刺呢？」

「我就忍受。」

「是的，是的，我懂得你，謙遜的乞者，你要求的是人家所有的一切。」

「假使你抬起愛的眼睛看我的臉，那怕只是一次，也將會使我生命甜蜜而置死亡於度外。」

「但是，假使只有些殘酷的眼色呢？」

「我就留著牠們刺穿我的心。」

「是的，是的，我懂得你，謙遜的乞者，你要求的是人家所有的一切。」

27

「相信愛情吧，縱然牠會給你帶來悲辛，不要關上你的心扉。」

「啊不，我的朋友，你的話太曖昧，我不能懂得。」

「我的愛人！心就只是為了帶給別人一滴眼淚，一支歌曲的啊。」

「啊不，我的朋友，你的話太曖昧，我不能懂得。」

「歡樂脆弱得像一顆露珠，當牠笑時牠即死去。然而悲辛卻強韌而堅毅。讓悲辛的愛情在你眼裡清醒！」

「啊不，我的朋友，你的話太曖昧，我不能懂得。」

「蓮花在太陽的青睞中開放，因而失去牠所有的一切。於是，就不會留在無盡的冬日之霧裡含苞待放了。」

「啊不，我的朋友，你的話太曖昧，我不能懂得。」

28

你那探詢的眼睛是悲哀的。牠們想瞭解我的意思，正如月亮之想探測大海的深度。

我已經把我的生活從頭到尾袒露在你眼前，毫無隱蔽，毫無保留。這就是你不瞭解我的緣故。

假使牠只是一塊寶石，我就能把牠剖成一百顆，串成項鍊，戴在你的脖子上。

假使牠只是一朵花，渾圓，玲瓏而又芳香，我就能把牠從花莖上摘下來插在你的頭髮上。

然而，牠是一顆心啊，我的心愛的，那兒是牠的邊兒，那兒是牠的底兒呢？

你不知道這個王國的疆界，可是你仍然是這個王國的皇后。

假使牠只是片刻的歡樂，牠就會在輕盈一笑中綻成花朵，而你就能在這剎那間，看到牠，領會牠。

假使牠僅僅是一種苦痛，牠就會融化成晶瑩的淚水，不用說一句話就能反映出最隱閉的祕密。

然而，牠是愛情啊，我的親愛的。

牠的歡樂和痛苦是無限的，牠的貧乏和富裕是無盡的。

牠像你的生命一般貼近你，但你卻永遠不能完全瞭解牠。

29

對我說吧，我的愛人！把你所唱的用言語告訴我吧。夜是黑暗的。星星被隱沒在雲層裡。風在樹葉間呼嘯著。

我要讓我的頭髮披散。我的藍色斗篷像黑夜似地把我團團圍住。我要把你的頭抱到我的口；而你就在這甜美的孤寂裡，喃喃訴說你的心事，我會閉目聆聽。我決不凝視你的臉孔。

當你的話說完了，我們就默然靜坐。只有樹木將在黑暗中耳語。

鑣。

夜將泛白，天就要破曉。我們將凝眸相視，然後分道揚

對我說吧，我的愛人！把你所唱的用言語告訴我吧。

30

你是我夢幻的天空中飄浮著的晚霞。

我永遠用愛的渴望來描繪和塑造你的形象。

我無窮夢幻中的居住者啊！你是我的心肝，我的心肝啊！

我夕陽之歌的搜集者啊！你的雙足因我心頭欲望的霞光而紅潤。

你的嘴唇因我的痛苦之酒的味道而甜中帶苦。

我孤寂的夢幻中的居住者啊！你是我的心肝，我的心肝啊！

常出沒在我凝眸睇視中的人兒啊，我已用我熱情的陰影遮黑了你的眼睛！

我愛！我已經用音樂之網逮住了你，裹住了你！

我不朽的夢幻中的居住者啊！你是我的心肝，我的心肝啊！

31

我的心是荒野之鳥，在你的雙眸中找到了牠的天空。
牠們是清晨之搖籃，牠們是星星的王國。
我的歌曲消失在牠們的深淵。
讓我只在那天空翱翔，在那天空的孤寂無垠中。
讓我只撥開那天空裡的雲霧，在日光之中展翼翱翔。

32

告訴我這個是否完全真的，我的愛人，告訴我是否真的：

當我的眼睛閃爍出電光，你胸中的烏雲就報之以風暴。

我的嘴唇是否真的像第一次意識到的愛情花苞初放時那麼甜蜜？

是否那逝去的五月之記憶竟還在我手足之間縈繫？

是否我的雙足碰觸大地時，大地竟為之震動得像豎琴般奏出牠的樂歌？

那麼，當黑夜看到我便眼裡落下露珠，晨光圍住了我的身體就歡欣喜悅，這可也是真的？

你的愛情歷盡千年萬代走遍天涯海角來尋找我，這是真的？這可是真的？

那是真的嗎？當你終於找到了我，你那年深月久的熱情就在我溫柔的言談，眼睛，嘴唇和飄散的頭髮裡找到了完滿的安寧？

那麼，宇宙的奧祕就寫在我那渺小的額角上，可也是真的？

告訴我，吾愛，這一切可都是真的？

33

心愛的人兒我愛你，請原諒我的愛情吧。
我像一隻迷失方向的鳥兒，墮入了情網！
當我的心在被震動時，就失落了牠的面紗而袒露無遺。
用憐憫蓋住牠，心愛的人兒，並且原諒我的愛情吧。

假使你不能愛我，心愛的人兒，那末就原諒我的痛苦吧。
不要遠遠地對我端詳。
我要悄悄地溜回我的角落，坐在黑暗裡。

我要用雙手遮蓋我赤裸的羞恥。

轉過臉去吧，心愛的人兒，而且原諒我的痛苦吧。

假使你愛我，心愛的人兒，就原諒我的喜悅吧。

當我的心被幸福的浪潮捲走時，不要嘲笑我危險的放肆吧。

當我坐上我的寶座，用愛情的專制統御你，當我像個女神般賜給你我的寵愛時，心愛的人兒，容忍我的驕傲，而且原諒我的喜悅吧。

34

不要離開，我愛，沒有得到我的同意請不要離開。

我已看守了整夜，而今我的雙眼因睏倦而沉重。

我不敢熟睡，唯恐在睡熟時失去了你。

不要離開，我愛，沒有得到我的同意請不要離開。

我驚跳起來，伸手去摸觸你，我自問：「莫非是夢嗎？」

但願我能用我的心纏住你的雙腳，把牠們緊緊擁在我的胸前！

不要離開，我愛，沒有得到我的同意請不要離開！

35

唯恐我太不費事地就懂得了你：所以你故意逗弄我。
你用笑的閃爍來迷眩我，以掩飾你的眼淚。
我知道，我知道你玩的遊戲：
你從來不說出你想說的。

唯恐我不珍愛你，你就千方百計地規避我。
唯恐我把你同群眾混淆：你就站到一邊。
我知道，我知道你玩的遊戲：

你從來不走你想走的路子。

你的要求多過他人，這就是你所以緘默的緣故。
你用玩笑的方式，漫不經心的神情迴避了我的禮物。
我知道，我知道你玩的遊戲：
你從來不接受你想接受的東西。

36

他低聲悄語：「我的愛人，抬起你的眼睛來！」

我嚴厲地呵斥他，我說：「走開！」但他絲毫不動。

他站在我的面前，握住我的雙手。我說：「離開我！」

然而他就是不走。

他把臉湊近我的耳朵。我白了他一眼，我說：「真不害臊！」但他並不挪動。

他的嘴唇碰觸我的面頰，我發抖了，我說：「你太放肆了」；但他並不覺得可羞。

他插了一朵花在我的頭髮上，我說：「這是沒有用的」；但他就是站在那兒一動也不動。

他從我的頸項上拿了花環離我而去，我哭泣著捫心自問：「他為什麼不回來呢？」

37

美人兒，把你那鮮花環套在我的頸子上好嗎？

但是你必須知道那個我所編織的花環是為許多人而編的：為那些只在剎那間見得到的人們，那些住在未開發的處女地上的人們，那些生活在詩人的頌歌中的人們。

要求我的心去報答你的，那是太晚了。

曾經有一時期，我的生命像蓓蕾，所有的芳香，都貯藏在核心裡。

可是如今已散布得既遠且廣了。

誰會一種可以把牠重新聚集並封藏起來的魔法呢？

我的心，不是我自己的，我的心是要獻給許多人的。

38

我的愛人，從前你詩人的心湖裡曾航行著一首偉大的史詩。

啊！我一不小心，使牠碰撞了你玎璫的腳鐲，以致落了個不幸的結局。

牠破碎成零亂殘缺的歌曲，散落在你的腳邊。

我所載運的一切古代戰爭的故事，都被那嘩笑的波浪衝激震蕩，浸透了淚水而沉沒了。

你必須賠償我這損失，我的愛人！

假使我對死後流芳萬世的希望是破滅了，那你就使我在活著的時候不朽吧。

那樣我就不惋惜我的損失也不譴責你了。

39

我整個早上，想要編織一個花環，可是花朵溜滑而紛紛脫落。

你坐在那兒，透過你窺探的眼角偷偷地瞅著我。

問問這對在暗中出壞主意的眸子吧，這到底是誰的過失？

我想唱一支歌，可是唱不成。

一個隱約的微笑在你的唇上顫震，問問牠，我失敗的原因吧。

讓你微笑的嘴唇發誓說：我的聲音如何隱沒在靜默裡，——正如陶醉的蜜蜂隱沒在蓮花裡。

黃昏了，是繁花合攏花瓣的時候了。

允許我坐在你的身邊，並命令我的嘴唇去做在靜默中朦朧的星光下所能做的事吧。

40

當我來向你告別時，一絲懷疑的微笑掠過你的眼睛。

我已經慣常向你告別，所以你認為我不久就回來的。

說實在的，我的心裡也有同樣的懷疑。

因為：一次次春天去了會再來；滿月虧了會再圓；年復一年，花兒謝了也會再開。那末，我的向你告別也好像只是為了再回到你的身邊來。

但暫時保留這幻想吧，不要粗率地把牠匆匆送走。

當我向你說要永遠離開你時，就把牠當作真話吧，也好讓那迷濛的淚水暫時使你的眼圈更加紅潤。
那末，當我回來時，你再隨心所欲地調笑吧。

41

我渴望著說出那些必須向你傾訴的深情；可是我不敢，因為怕你會笑我。

這就是為什麼我嘲笑自己而玩笑似地損毀我的祕密。

我看輕我的痛苦，因為恐怕你會如此。

我渴望著告訴你那些必須向你傾訴的心曲；可是我不敢，怕你不相信這些話。

這就是為什麼我用謊話來掩飾真意，而說些和本意相違的言詞。

我使我的痛苦顯得荒誕無稽，因為恐怕你會如此。

我渴望把我要對你說的用最高貴的言語說出；可是我不敢，怕的是你不用同等價值的話來回答我。

這就是為什麼我用一些惡名稱呼你，而誇張我冷酷的力量。

我傷你的心，為的是怕你永不懂任何痛苦。

我渴望默坐在你身邊；可是我不敢，生怕我的舌頭會洩露我心裡的情感。

這就是為什麼我喋喋不休信口雌黃，把我的心隱藏在言語的後面。

我粗暴地對待我的痛苦，因為恐怕是你會如此。

我渴望從你身邊逃脫，可是我不敢，因為怕我的怯懦會被你察覺。

這就是為什麼我趾高氣揚而且滿不在乎地來到你的面前。

你那目光不斷地對我刺射，使我的痛苦常新。

42

啊！瘋狂了，酩酊大醉了；
假使你踢開大門在大庭廣眾之中裝傻逗樂；
假使你輕視節儉在一夜之間使得囊空如洗；
假使你在奇妙的幽徑上漫步，玩賞一些無用的東西；
你既不注意韻律也不講求條理；
假使你在暴風中揚帆啟航，卻把船舵折成兩半，
那末，我就學你的樣，同志，喝得爛醉而趨向墮落。

我為陪伴一些穩健聰明的鄰人而浪費了我許多日和夜。

孜孜不倦地研讀使我的頭髮灰白，細心的觀察使我的視力衰退。

多年來我搜羅了聚積了不少殘缺的篇章：

我把牠們撕碎踐踏，我把牠們散布到風中吹得無影無蹤。

因為我知道智慧的登峰造極就是爛醉而趨向墮落。

讓所有不正當的顧慮消失，讓我絕望地迷了我的路途。

讓一陣旋轉的狂風刮來把我從碇泊的地方疾捲而去。

這世界居住著些尊貴的人，一些工作者——他們聰明而又能幹。

有些人很容易地出人頭地，而有些人安分地甘居人後。

讓他們幸福而昌盛，讓我的傻幹無功。

因為我知道，一切的結局就是爛醉而趨於墮落。

我發誓要在此刻把所有的要求聽任體面的上流人物發落。

我放棄那淵博學識的自豪和那明辨是非的驕傲。

我要打破那記憶的瓶子，灑掉我最後一滴眼淚。

我要用漿果紅的美酒泡沫，滋潤激發我的歡笑。

此刻我把這文明而又端莊的標誌撕成粉碎。

我要立下神聖的誓約：我要變得一文不值，爛醉而趨於墮落。

43

不，我的朋友，不管你怎麼說，我將永不成為一個苦行者。

我將永不成為一個苦行者，假使她不和我一起發誓。那是我堅決的意志，假使我不能找到一個蔭蔽的庇護所，和一個苦行的伴侶，我將永不成為苦行者。

不，我的朋友，我將永不離開我的鍋灶和家庭而退隱到森林獨居，假使歡樂的笑聲不蕩漾在回響的林蔭裡，假使在風中沒有番紅色斗篷的飄颺，假使森林的靜寂不由柔聲細語所加深。

我將永不成為一個苦行者。

44

令人尊敬的先生，饒恕這對罪人吧，春風如今正在狂野地疾捲，捲走了塵土，捲走了枯葉，而你的訓誡也隨著塵土和枯葉消失了。

神父，可別說人生是虛幻的。

因為我們曾一度和死亡休戰，我們倆只是在幾個芬芳的時辰裡得到永生。

即使是國王的軍隊來猛烈地攻擊我們，我們也要悲哀地搖搖我們的頭說：兄弟們，你們在騷擾我們了。假使你們一定要玩這吵鬧的遊戲，就到別處去動你們的干戈吧，因為我們只是在短暫的瞬間得到了永生。

假使是友善的人們把我們團團圍住，我們也會謙遜地向他們鞠躬，說：這種過分的好運氣，對我們是一種困窘。我們所居住的無極的天空裡是沒有多少空餘的。因為在春天的時光裡，繁花叢開，蜜蜂忙碌的翅翼相互碰觸。我們這小小的天國，只住著我們兩個永生者的天國，狹隘得太可笑了啊。

45

祝福那些必須走的客人一路平安，抹掉他們所有的腳印吧。

帶著微笑把一切平易、單純和親切的事物抱在你的懷裡吧。

今天是幽靈的節日，那些幽靈不知何時喪生。

讓你的歡笑只是一種無意義的愉快吧，有如那漣漪上閃耀的波光。

讓你的生命輕盈地在時間的邊緣上跳舞吧，有如那樹葉尖端的露水。
按著你那生硬斷續而瞬逝的韻律，彈奏你的琴絃吧。

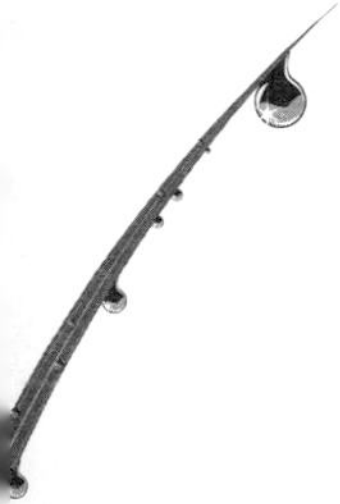

46

你丟下我就走了。

我想我應該為你哀傷，應該在我那黃金之歌曲譜成的心裡安置你孤獨的肖像。

但是，我不幸的命運，時光是短促的啊！

青春年復一年的消逝；春天的日子是溜走了；嬌弱的花朵無端凋謝。聰明的人警告我：生命僅只是蓮葉上的一顆露珠。

難道我應該忽視這一切，而去對一個不理睬我的人凝眸而望？

那真是鹵莽而愚蠢了，因為時光是短促的啊！

那末，來吧，我的多雨的夜晚，你帶著淅瀝的腳步來吧；微笑吧，我的金黃色的秋日；來吧，什麼都不介意的四月，散布你的香吻，到各方去吧。

你來吧，還有你，還有你也來吧！

我的愛人們，你們知道我們都是總有一死的凡人，難道為一個取去她的心的人而柔腸寸斷是聰明的嗎？因為時光是短促的啊！

坐在角落裡默想你是我整個的天地，並且寫成鏗鏘的詩篇，那是甜美的事。

懷抱著個人的憂傷而決心不接受任何人的安慰，那是英雄的氣概。

可是在我的門口出現了一張新鮮的臉，他抬頭和我四目相對了。

我不得不拭去我的眼淚，更換我的曲調了。

因為時光是短促的啊！

47

假使你的意思要這樣，我就結束我的歌唱。

假使我的呆望使你心煩，我就從你臉上將我的視線移開。

假使我在你的小路上使你驟然吃驚，我就走在一邊，取道另一小徑。

假使在你編織花朵時我給了你擾亂，我就避開你那孤寂的花園。

假使這樣河水會撒野而放蕩，我就不把我的小船划進你的堤塘。

48

把我從你那溫柔鄉的束縛中解放吧，我的愛人！不要再給我灌一些香吻的迷湯了。

這濃重的薰香之霧，窒息了我的心。

打開門扉，迎接晨光入室吧！

我被你用愛撫的包袱裹住而銷魂蝕骨了。

把我從你的魅惑中解放吧，還給我男子氣概，讓我奉獻給你一顆自由之心吧！

49

我握著她的雙手，把她緊壓在我的胸口。
我想以她的美麗來豐富我的雙臂，以接吻掠奪她的甜笑，以我的眼睛去暢飲她那曖昧的顧盼。
啊！可是，她在那兒呢？誰能掠奪天空的蔚藍呢？
我想抓住美麗；但牠躲避了我，只留下軀殼在我手裡。
我挫敗，我疲乏，我回來了。
軀殼怎能接觸那只有靈魂可以接觸的花朵呢？

50

親愛的，我的心日夜地渴望著同你相會——因為這相會像能吞滅一切的死亡。

如同一陣狂風似地把我捲走；拿去我所有的物件。破碎我的睡眠，奪去我的夢，劫走我整個的世界。

在這浩劫中，在這精神的完全裸露中，讓我們在美麗中融合為一體吧！

我的枉費的願望啊！除了在你那兒，何處是融合為一的希望呢？我的上帝！

51

那末，唱宗最後一支歌，讓我們離開吧。

當不再有夜的時候，忘掉這一夜吧。

我想擁抱在兩臂中的人兒是誰呢？夢是永遠捕捉不住的啊！

我熱切的雙手把空虛擁抱到我的心頭，而牠損傷了我的胸膛。

52

為什麼燈盞熄滅了？
我用斗篷把牠遮住，免被風吹，這就是為什麼燈盞會熄滅！

為什麼花朵枯萎了？
我用熱切的愛把牠緊擁向我的心頭，這就是為什麼花朵會枯萎！

為什麼河流乾涸了？
我橫跨著築了個堤壩以便我用，這就是為什麼河流會乾涸！

為什麼琴絃繃斷了？
我硬要彈出一個絃索不能勝任的音調，這就是為什麼琴絃會繃斷！

53

你為什麼使一個眼色令我蒙受羞辱？
我並沒有像個乞丐一樣闖上門來。
我只是在你的花園籬笆外庭院的盡頭站了一會兒罷了。
為什麼你使一個眼色令我蒙受羞辱？

我沒有從你花園裡採擷一朵玫瑰花，摘下一隻水果。
我謙遜地在路邊的樹蔭下尋求我的庇護，那每個陌生的旅客都可駐足的地方。

我並沒採擷一朵玫瑰花啊。
是的，我的兩腳已疲乏，驟雨又傾盆而下。
風在搖擺著的竹枝中叫嘯。
雲馳過天空正如從敗亡中逃走。
我的兩腳已疲乏。

我並不知道你對我想些什麼，也不知道你站在門口等待著什麼人。
電光的閃爍迷眩了你守望的眼睛。

我怎能知道你還能看得見站在黑暗中的我呢？

我不知道你對我想些什麼。

這一天是結束了，雨已停了一會兒了。

我離開你花園盡頭的樹蔭，離開我原先草地上的那個座位。

天黑下來了；關上你的門；我走我的路。

這一天便完了。

54

在這樣的深晚，市場已經收市了，你提著籃子匆匆忙忙地往那兒去呢？

他們都已背負著重擔回家了；而月亮從村樹的上方往下窺視。

呼喊渡船的回音越過黑暗的水面，飄向遠遠的野鴨睡眠的沼澤地帶。

市場已經收市了，你提著籃子匆匆忙忙地往那兒去呢？

睡神把她的手指放在大地的眼睛上了。

烏鴉的窩巢已寂然無聲，竹葉的悉索也已靜止。
從田野歸來的勞動者們在庭院裡鋪開了蓆子。
市場已經收市了，你提著籃子匆匆忙忙地往那兒去呢？

55

當你去時，日正當中。
天空裡的太陽是酷熱的。
當你去時我已做好了我的工作，而獨坐在我的陽臺上。
忽起忽止的狂風穿過若干遠方田地的芳香，飄揚過來。
鴿子在樹蔭卜不倦地咕咕啼叫，一隻闖進我房裡來的蜜蜂，嗡嗡地訴說遠方田地的消息。

村莊在正午的燠熱裡沉入睡鄉，大路被遺棄地橫陳在那兒。

在偶發的激動中，樹葉的沙沙聲響起而又消滅。

在正午的燠熱裡，村莊沉入睡鄉的時候，我凝望天空，在蔚藍的穹蒼裡編織我熟悉的那個人的名字。

我已忘記了編結我的辮子，慵倦的微風在我面頰上玩弄我的頭髮。

樹蔭遮蔽的河岸下，河水在平靜地流著。

懶洋洋的白雲一動也不動。

我已忘記了編結我的辮子。

當你去時日正當中。
路上的塵土是熱的，而田野在喘氣。
鴿子在茂密的樹葉中咕咕地叫。
當你去時我獨自坐在我的陽臺上。

56

我是許多個忙於卑賤的日常家務的婦女之一。

為什麼你單單把我挑選出來，把我從我們共同生活的涼爽蔭蔽處帶走呢？

沒有表明出來的愛情是神聖的。牠在隱蔽著的內心深處像寶石般閃耀。牠在奇妙的白晝的光輝裡，顯得是可憐地晦暗。

啊！你穿破了我的心扉，把我顫抖著的愛情拖到公共的場所，永遠地破壞了牠那安巢的蔭蔽角落。

別的婦女們還和平常一樣。

沒有一人曾窺視到她們內心的最深處，就連她們本人也不知道自己的祕密。

她們輕輕地微笑，低低地哭泣，她們閒談和工作，每天到廟裡去參拜，每天點燃她們的燈盞，每天到河邊去汲水。

我希望我的愛情能免於暴露在外的發抖的羞恥，而你卻轉過你的臉去。

是的，你的道路展開在你的面前，但你卻切斷了我的歸途，丟下我一絲不掛地面對著那世界，那日夜以沒有眼瞼的眼睛注視著的世界。

57

我採摘你的花兒，哦，世界！
我把這花兒緊抱在我心頭，尖刺戳痛了我。
當晝盡天黑，我發覺花兒已枯萎，但疼痛仍在我心頭。

世界啊！將有更多的花帶給你芬芳和驕傲。
可是在我，採集花兒的時機已過，度過這黑暗的長夜，
我沒有我的玫瑰，只有苦痛留在我心頭。

58

一天清晨，在花圃裡，一個瞎眼的女孩兒來獻給我用一片荷葉蓋著的花環。

我把牠帶在我的頸子上，淚水就湧到我的眼裡。

我吻她，並說：「你竟和這些花朵同樣地盲目啊。」

「你，連你自己也不知道你的禮物是多麼地美麗。」

59

女人啊，你不僅是上帝的傑作，男子們也完成了你；從他們的心頭，永賦你以美麗。

詩人們用想像的金絲給你織網；畫師們從永新的不朽給你繪像。

海洋給你珍珠，礦山給你黃金，夏天的花園給你鮮花，來裝飾你，穿戴你，來使你格外高貴。

男子們心頭的欲望放射出榮耀來籠罩你的青春。

你一半是女人，一半是夢。

60

雕刻在石頭上的美神啊，在人生的匆忙和喧囂裡，你站著：沉默而安靜，孤獨而超逸。

偉大的時間之神，迷戀地坐在你的腳邊喃喃而語：

「說話呀，對我說話呀，我的親愛的：說吧，我的新娘！」

但是你的言詞卻封閉在石頭裡，啊，不為所動的美神啊！

61

平靜些，我的心，讓別離的時間成為甜蜜。
讓這不成為死亡，而只是完成圓滿。
讓愛融為紀念，苦痛化成歌曲。
讓飛行掠過天空，終結於歸巢的斂翼。
讓你手的最後撫觸溫柔像夜之花朵。
哦，美麗的終結，請站住一會兒，輕聲地說你最後的話。
我向你鞠躬，拿起我的燈來給你照路。

62

在夢中的一條幽暗小徑上，我去尋找前生屬於我的愛人。

她的住宅坐落在一條荒涼街道的盡頭。

在黃昏的微風裡，她那寵愛的孔雀停在棲木上打盹，

而鴿子靜靜地躲在牠們的角落裡。

她把燈盞放在門口，她站到我的面前。

她抬起她那對大眼望著我的臉，無聲地問道：「你好嗎？

我的朋友！」

我試著去回答，但是我們的語言已經失落而遺忘。

我想了又想；腦海中再也想不起我們的名字。

淚光閃耀在她的眼裡，她向我伸出她的右手，我握住牠靜靜地站著。

我們的燈盞在黃昏的微風裡搖曳而熄滅。

63

旅人，你一定得走嗎？

夜是靜寂的，黑暗暈倒在樹林上。

我們陽臺上的燈盞是輝煌的，花朵都是鮮麗的，年輕人的眼睛仍然清醒著。

是到了你離開的時候了嗎？

旅人啊，你一定得走嗎？

我們沒有用懇求的手臂抱住你的雙腳。

你的門戶是開著的，你的馬已上了鞍站在門口。
假使我們曾想禁止你通行，那只是用我們的歌曲。
我們的確曾想把你拉回來，那也只是用我們的眼神。
旅人，我們無力留住你，我們只有我們的眼淚。

是什麼不滅的火在你眼睛裡發光？
是什麼不安的狂熱在你血管裡沸騰？
黑暗裡有什麼呼喚在驅策你？
你在天空的繁星中讀到了什麼可怖的咒語，黑夜就帶著封緘的祕密文件靜默而奇異地進入你的心？

假使你不在乎歡樂的聚會，假使你一定要平安寧靜，疲倦的心啊，我們就熄掉我們的燈，也停奏我們的豎琴。

我們就靜坐在黑暗中的樹葉蕭蕭聲裡，慵倦的月亮將把她清淡的光華灑在你的窗子上。

啊，旅人啊！是什麼不眠的精靈從子夜的心裡觸動了你？

64

我在大路的灼熱塵土中，消磨我的白晝。

如今，在黃昏的涼爽中，我來敲叩客棧的大門。客棧已荒涼而頹廢了。

一株猙獰的阿剎斯樹，從牆壁的裂縫裡伸出牠饑餓的抓緊的樹根。

曾經有過這樣的日子：那時候旅客們到此地來洗濯他們疲倦的腳。

他們在初昇的朦朧月光下，把蓆子鋪展在庭院裡，坐下來談談遠方異域。

清晨，他們神清氣爽地醒來，鳥雀使他們歡悅，友愛的花朵在路邊向他們點頭。

可是，當我來到此地時，沒有點亮的燈盞在等我。

若干個被遺忘了的夜晚的燈盞，留下了黑色的薰煙，那薰煙像些盲人的眼睛，從牆壁上瞪目凝視。

螢火蟲在涸池邊的叢莽裡飛舞，竹枝把陰影投射到長滿青草的小徑上。

我是個在我白晝盡頭的沒有主人的來客。
我已疲倦，漫漫長夜擺在我的面前。

65

那又是你的呼喚嗎？

黃昏已來臨，疲倦親切地環繞著我像求愛的雙臂。

你呼喚我嗎？

我已經把我整個的白晝奉獻給你了，殘酷的愛人！難道你一定還要劫奪我的夜晚嗎？

任何事物都有一個盡頭，而黑夜的孤寂卻是屬於一個人自己的。

你的聲音一定要戳穿黑夜的孤寂而向我襲擊嗎？
難道黃昏沒有把睡眠的音樂留在你的門口嗎？
難道帶著無聲翅翼的星星從不攀登到你無情之塔的上空嗎？
難道你花園裡的繁花從不在柔和的死亡裡落入塵土嗎？
你一定得呼喚我嗎？你這不安靜的人兒？
那末就讓悲傷的愛情之眼徒然地守望而哭泣吧。
就讓燈盞在孤寂的屋子裡燃燒吧。

讓渡船載著疲憊的勞動者們回家吧。
我把夢留在後面趕緊去奔赴你的呼喚。

66

一個流浪的瘋子，在尋找點金石，他，蓬亂的頭髮，黃褐而塵垢，身體消瘦得成了個影子。他的嘴唇緊閉，正如他那關閉著的心扉，他那燃燒著的眼睛，恰似尋找著伴侶的螢火蟲的燈盞。

無垠的大海在他面前怒吼。

饒舌的波浪滔滔不絕地談論那蘊藏著的寶藏，嘲笑那些不懂得牠們語意的笨伯。

也許他現在已不存有什麼希望，但他並不罷休，因為尋找已成為他的生命——

正如同海洋為了向空中去探求那不可得到的東西，永遠伸著牠的手臂——

正如同星群循環地運行，在尋找一個永遠達不到的目的——

即使如此，這帶著塵垢黃褐亂髮的瘋子，仍然徘徊在孤寂的海灘上尋找那點金石。

一天，一個村童跑來問道：「告訴我，你是從那兒得來繫在你腰際的金鍊？」

瘋子吃了一驚——這個原來是鐵的鍊子如今的確是金的了；這並不是一個夢，但他卻不知道這鍊子是在什麼時候改變的。

他瘋狂地拍著他的額頭——在那兒，啊！是在那兒他竟毫不知情地已獲得了成功？

那已經成了一種習慣了，撿起石子，碰一碰鍊子，他不去看看是否已有什麼變化就又把石子扔掉；瘋子就是這樣把那點金石獲而復失。

太陽正在低低地向西方沉落，天空呈現著金色。

瘋子走向回路，重新去尋找那丟失了的寶物，他已精疲力盡，彎腰駝背，心灰意冷，像一棵連根拔出的樹木。

67

雖然黃昏姍姍而來，已經示意一切歌曲都要停止；
雖然你的夥伴們都已回去休息，而你也是疲倦的；
雖然恐懼在黑暗裡孵育，而天空的臉也蒙上了面紗；
可是，鳥兒，啊！我的鳥兒啊，聽我說，請不要收斂起你的雙翼。

那不是林中樹葉的幽暗，那是像一條深黑色的蛇似地在起伏著的大海。

那不是盛開的素馨花的舞蹈，那是閃光的水泡。
啊，那兒是有陽光的翠堤？那兒是你的窩巢？
鳥兒，啊，我的鳥兒啊，聽我說，請不要收斂起你的雙翼。

孤寂的夜躺在你的路上，黎明在朦朧的山嶺後面睡覺。
星星摒著呼吸在計算時辰，微弱的月亮在深夜裡浮沉。
鳥兒，啊！我的鳥兒啊，聽我說，請不要收斂起你的雙翼。

對於你，沒有希望，沒有恐懼。
沒有言辭，沒有低訴，沒有呼喚，
沒有家，沒有歇息的牀鋪。
只有你自己的雙翼和無路的空際。
鳥兒，啊，我的鳥兒啊，聽我說，請不要收斂起你的雙翼。

68

沒有一個人長生不老，兄弟，而且也沒有一件東西是永久存在的，把這銘記心頭而歡快吧！

我們的一生並不是一個古老的負荷，我們的道路也並不是一條漫長的旅程。

一個唯一的詩人用不著唱一支古老的歌。

花朵枯萎而凋謝；然而戴花的人卻用不著永遠去為牠悲傷。

兄弟，把這銘記心頭而歡快吧！

必須要有完全的休止符，才能譜成完美的音樂。
人生向落日沉淪，為了淹沒到黃金色的陰影裡去。
必須把愛情從嬉戲中喚回，去啜飲煩惱的酒，並把牠帶到淚之天國。
兄弟，把這銘記心頭而歡快吧！

我們趕緊去採集鮮花，唯恐牠們被過路的風掠奪。
乘機捉住那稍遲即逝的吻，可以促進我們的血液，光亮我們的眼睛。
我們的生活是熱情的，我們的願望是強烈的，因為時間在敲著別離的鐘。

兄弟，把這銘記心頭而歡快吧！

我們沒有時間把一樣東西抓住敲碎，而再把牠扔到塵土裡去。

一個個的時辰，迅速地消逝，把牠們的夢隱藏在裙子裡。

我們的生命是短促的；牠只許可我們幾天戀愛的日子。

假使生命是為了工作和苦役，牠就會無盡地延長了。

兄弟，把這銘記心頭而歡快吧！

美對我們是甜蜜的，因為牠同我們的生命按著同樣疾速的調子一起跳舞。

知識對我們是寶貴的，因為我們永遠沒有時間去使牠完滿。

一切都是在永生的天國做好而完成的。

但是大地的幻想之花是由死亡保存永新的。

兄弟，把這銘記心頭而歡快吧！

69

我追捕金鹿。

你也許要笑我，我的朋友，可是我仍追蹤那躲避我的幻象。

我奔越過山嶺和谿谷，我浪遊過一些無名的鄉土，因為我是在追捕那金鹿。

你來到市場上採購，並滿載而歸，可是我卻不知在何時何地，已被那無家可歸之風的魔力所接觸。

我心裡沒有什麼牽掛；我已把我所有的一切遠遠地留在

我的身後。

我奔越過山嶺和谿谷，我浪遊過一些無名的鄉土——因為我是在追捕著金鹿。

70

記得在我童年的一天，我曾在一條水溝裡漂浮著一隻紙船。

那是七月裡一個潮濕天氣；我獨自一人，玩得很是開心。

我在水溝裡漂浮著我的紙船。

驟然間陰霾密集，狂風突起，大雨如注。

小溪中的濁流洶湧，漲滿了水溝，沉沒了我的船。

我內心傷痛地思忖：暴風雨是故意來毀壞我的歡樂的；

牠所有的惡意都是沖我而發的。

如今七月裡陰沉的日子是漫長的，我一直在想念著一生裡，我做了失敗者的那些玩意。

我正譴責命運在我身上玩弄的許多詭計，當我突然想起了那沉沒到水溝裡的紙船。

71

這一天還沒過完，市集，那河邊上的市集，也還沒收市。

我已經擔心我的時間被浪費，而最後的一文錢也遺失了。

可是，不，我的兄弟，我仍然還有點東西留下。我的命運並沒騙走了我的一切。

買和賣都已結束。

雙方所應得的東西都已經收好，是我回家的時候了。

可是，守門人，你要索取過路費嗎？

不要怕，我仍然有點東西留下，我的命運並沒騙走了我的一切。

風的暫停令人擔心風暴的即將來臨，西方低垂的雲層也不是好的預兆。

靜靜的流水在等候著狂風。

我得趕緊渡過河去，在黑夜追及我之前。

啊，擺渡的人啊，你要收你的過河費！

是的，兄弟，我仍然有點東西留下，我的命運並沒騙走了我的一切。

在路邊樹下坐著乞丐，啊呀！他抱著一種膽怯的希望瞧我的臉呢！

他以為我因一天的獲益而致富了。

是的，兄弟，我仍然有點東西留下。我的命運並沒騙走了我的一切。

夜已墨黑，道路孤寂。螢火蟲閃爍在樹葉中。

你是誰？踏著悄悄的靜靜的腳步跟隨著我？

啊！我知道了，那是你想劫奪我掙得的一切財物的企圖啊，我一定不使你失望！

因為我仍然有點東西留下，我的命運並沒騙走了我的一切。

午夜時分我到達了家，我兩手空空。

你正以焦急的眼睛在我門口等候，不寢不寐，靜默無語。像一隻膽怯的鳥兒，你懷著熱烈的愛情飛到我的胸際。

唉，唉，我的上帝啊，還留著不少的東西呢，我的命運並沒騙走了我的一切。

72

經過許多辛勞的日子，我造起了一座廟宇，牠沒有門也沒有窗，牆壁是用巨大的石頭厚厚砌成的。

我忘卻其他一切，我遠避整個世界，我在狂喜的沉思裡凝視我安置在祭壇上的塑像。

廟裡邊永遠是黑夜，香油燈盞照著亮光。

供香不停地冒著煙，使我的心在牠濃重的繚繞中受到創傷。

不寢不寐，我用一些錯綜迷亂的線條在牆壁上刻出許多奇異的形像——長著翅膀的馬，帶著人面的花，肢體像蛇的婦女們。

任何地方都沒留出一條通路可以傳進鳥雀的啁啾，樹葉的低語，或忙碌的鄉村的喧囂。

唯一回響在黑暗的廟宇裡的聲音，就是我的呪語的唸誦。我的精神變得熱烈而肅靜，像尖銳的火焰，我的知覺在狂喜中昏迷。

直到雷震廟宇，我痛徹心坎時，我不知道時間是怎樣過去的。

燈盞看上去暗淡而羞澀；牆壁上的雕刻像鏈繫著的夢，在燈光裡無意識地注視著好像很想把自己隱蔽似的。

我望望祭壇上的塑像。牠微笑了，牠因上帝有生命的觸摸而有生氣了。

我所囚禁著的黑夜，已展開牠的翅翼而無影無蹤了。

73

無盡的財富不是你的，我的堅忍而憂鬱的塵世之母啊！

你辛勤操作，使你的兒女們可以糊口，可是食物是缺乏的。

你當作禮物送給我們的歡樂，永遠是不完備的。

你為你的兒女們做的玩具是脆薄易碎的。

你不能滿足我們所有的渴望，然而，難道我會為此而遺棄你嗎？

你那蒙上痛苦的陰影的微笑，對於我的眼睛是甜蜜的。

你那不知有終結的愛情，對於我的心是珍貴的。

你曾經在你的胸膛上用生命而不是用不朽哺育我們，這就是為什麼你的眼睛永遠警醒不寐。

多少年來你用彩色和歌曲工作著，然而你的天堂並未建起，只是建起了那可悲的令人想望天堂的暗示。

在你所創造的美麗作品上蒙著淚之霧。

我要把我的歌曲灌注到你無言的心裡，把我的愛情灌注到你的愛情中去。

我要用勤勞來尊敬你。

地母啊！我看到了你那溫柔的臉，我愛你那哀傷的塵土。

74

在世界聽眾的大廳裡，純樸的草葉跟陽光和子夜的星辰同席而坐。

於是就這樣，我的歌曲，跟雲霞和森林的音樂一起在世界的心中，分配到牠們的席位。

然而，有錢的人啊，在樸素莊嚴的太陽之愉快金色裡，在緘默月亮的柔和光輝裡，卻是沒有你那財富的份兒。

擁抱一切的天空之祝福，是不落到你的財富上面的。

而且，當死亡出現時，財富就暗淡無光，枯萎凋零而化為塵土。

75

在靜寂的子夜，那個自以為是苦行者的人宣告說：

「這是離棄我的家庭去尋找上帝的時候了。唉，是誰羈留我這麼長久在這個迷妄的塵世裡呢？」

上帝耳語道：「是我。」可是這人的耳朵是閉塞的。

他的妻子懷裡摟著一個酣睡的嬰兒，恬適地睡在牀的一邊。

那人說：「你們是誰啊？愚弄我這麼地長久？」

那聲音又說：「是上帝啊！」可是他沒有聽見。

嬰兒在夢中啼哭，緊偎著他的母親。

上帝下命令：「別胡思亂想，蠢貨，不要離開你的家。」

可是他還是沒有聽見。

上帝歎息而抱怨說：「為什麼我的僕人要背棄我，而雲遊著去尋找我呢？」

76

市集在廟門前交易，從大清早起一直在下雨，而白晝到達了牠的盡頭。

比人群所有的歡樂更歡樂的，是一個女孩的愉快的微笑：她用一文錢買了個棕櫚樹葉做成的口哨。

這口哨清脆的樂音飄浮著，壓下所有的笑聲和喧囂。

無邊無岸的人潮湧來，互相推擠，道路是泥濘的，河水在泛溢，無休止的下著雨，田地都浸在水裡。

超過紛至沓來的人群的一切苦惱的，是一個男孩的苦惱：他沒有一個子兒去買一根彩色的棍棒。

他那凝視著店鋪的渴望的眼睛，使得人們的整個集會顯得那麼可憐而哀傷。

77

來自西鄉的工人和他的妻子正替窰上忙碌地掘土造磚。

他們的小女兒到河邊的碼頭上去；那兒，她有無盡的壺與碟的洗擦工作。

她的小弟弟跟在她後面，剃光了的頭，棕色的赤裸而泥汙的四肢。他站在高高的河岸上，耐性地聽候她的吩咐。

她頭上頂著裝滿的水壺，左手提著閃亮的黃銅罐，右手攙著男孩回家去——她，她母親的小小奴僕，嚴肅地肩負著家庭管理的重荷。

有一天，我看見這個赤裸的男孩伸著兩腿坐在那兒。在水裡，他的姐姐手裡拿著一把泥土把水壺反來轉去地磨擦。

附近一隻軟毛的小羊站在那兒沿著河岸吃草。

牠走近男孩坐的地方突然大聲咩咩地鳴叫，男孩驚跳起來尖聲高喊。

他的姐姐就放下清潔水壺的工作跑過去。

她一隻手抱起她的弟弟，另一隻手撫慰著小羊。在他們之間分配她的溫暖，而把對人的子孫與獸的後代的愛，綰繫在一條帶子上。

78

是在五月裡，悶熱的中午好像沒有止境的漫長，乾燥的大地因暑熱和乾渴而龜裂。

當我聽到河邊傳來了喊叫的聲音：「來吧，我的寶貝！」

我合起書本，打開窗子向外張望。

我看到一隻滿身泥巴的大水牛，睜著沉靜而有耐性的眼睛，站在靠近河流的地方；一個年輕人，站在沒到膝蓋的水裡，在呼喚水牛去洗澡。

我愉快地微笑了，心裡感到一陣甜美。

79

我常常奇怪在那兒暗伏著人獸之間公認的界限，獸的心是不懂語言的。

在創造萬物的遙遠的早上，穿過一種什麼樣的原始樂園就曾展現著一條簡單的小路。在那兒，他們的心已互相拜訪了。

他們長久踐踏的標誌並沒被抹去，雖則他們的血族關係早已被遺忘。

但是突然在一種無言的音樂裡，模糊的記憶甦醒了。獸就帶著一種溫柔的信任注視人的臉，而人就帶著令人喜悅的愛情向下看到獸的眼睛裡。

那好像是這兩個朋友戴著假面具相會，透過偽裝模模糊糊地互相認識了。

80

美麗的婦人啊！你能以你眼睛的一個流盼，掠盡詩人豎琴上所彈的歌曲的全部財富！

然而對於他們的歌頌，你卻充耳不聞，因此我就來歌頌你。

你能使得世上最傲慢的人在你腳下卑躬屈膝。

然而你所選以崇拜的，卻是你所寵愛的一些無名的人，因此我就崇拜你。

你那完美的手臂的撫觸可使帝王的尊榮增加光輝。

然而你卻用牠們來拂除塵土，去清潔你的寒舍，因此我
就滿心地敬愛你。

81

為什麼你在我耳邊低語得這麼微弱，哦死神，我的死神？
當花朵在黃昏裡落下，牧群回到牠們的畜棚，你潛行到我身邊來說一些我聽不懂的話。

是不是用朦朧的囈語和冰涼的接吻之催眠，你定要來向我求愛，來贏得我，哦，死神，我的死神？

在那兒，我們的婚禮將沒有隆重的儀式嗎？
你不想用一項花冠束起你黃褐色的盤繞頭髮嗎？

在那兒，沒有人給你撐著旗傘前導，那晚將不用你紅色的火炬燃燒著嗎？哦，死神，我的死神？

來吧，在你法螺聲中，來吧，在那不眠之夜。

穿我以大紅的外衣，緊握我手娶我去吧。

讓你的車輦準備好在我的門前，你的馬匹不耐地嘶叫。

揭開我的面紗，驕傲地望著我的臉，哦，死神，我的死神！

82

今夜，我們預備玩一個死亡的遊戲，我的新娘和我。

夜是黑暗的，天空的雲是飄浮不定的，海上的波浪正在怒吼。

我們離開了夢之牀，跑去打開大門走出來，我的新娘和我。

我們坐在鞦韆上，暴風從身後給我們一陣狂野的推動。

我的新娘且驚且喜地跳起，顫抖著偎依到我的懷抱。

我溫柔地侍候了她好久。

我為她做了一張繁花綴成的牀，並且關上了門，從她眼睛裡把狂野的光芒關到門外去。

我輕輕地吻她的嘴唇，柔和地在她耳邊低語，直到她在慵倦中半入昏迷。

她迷失在朦朧的甜蜜之無窮雲霧裡。

她不回答我的愛撫，我的歌聲也不能喚醒她。

今夜，野外風暴的呼號傳到我們的耳際。

我的新娘顫抖而起立，她緊握著我的手跑出去。

她的頭髮在風中飄動，她的面紗飛揚著，她的花環在她的胸前悉索作聲。

死亡的推力把她盪進生命中去。
我們臉對著臉，心對著心，我的新娘和我。

83

她住在山麓下玉蜀黍的田邊，靠近那譁笑的泉流穿過古老樹林的肅靜的蔭翳的地方。婦女們到這兒來裝滿她們的水罐，旅客要坐在這兒休息閒談，她天天工作和做夢隨伴那潺潺而流的溪水曲調。

一個黃昏，陌生人從白雲隱沒的山頂下來；他的紛亂的頭髮糾結著似昏昏欲睡的蛇。我們奇怪地問：「你是誰？」他不回答，只坐在那潺潺不息的溪水旁，靜靜地凝視她所住的茅舍。我們的心駭得發抖，天黑時我們便回家了。

次晨，當婦女們到臺烏達樹邊的泉流去汲水，她們發現茅舍的門開著，然而沒有了她的聲音，那兒是她微笑的臉呢？空的罐子倒在地板上，燈在牆角裡自己熄滅了。沒有人知道她在天亮以前逃到那兒去了——那陌生人也不見了。

五月裡，太陽漸強，積雪融化了，我們坐在泉水邊哭泣，我們心中詫異，「她去的地方會有泉水嗎？在那兒，在這麼燥熱的日子，可以把她的水甕灌滿嗎？」我們很沮喪地互問著，「在我們住的這些山嶺外邊會有陸地嗎？」

是一個夏夜；微風從南方吹來；我坐在她丟棄的屋子

裡，燈盞仍然在那兒沒有點亮，突然我眼前的山不見了，像帷幕被拉到一邊。「啊！來了一個人，就是她，她來了。我的孩子你好嗎？你快樂嗎？可是光天化日之下你能藏在那兒呢？而且，哎喲！我們的泉水竟不能在這兒解你的口渴。」

「這兒是同一的天空。」她說，「只是沒有了山嶺的屏障，——這兒是同一的溪水匯流擴成了大河——同樣的土地擴展成了平原。」「這兒什麼東西都有。」我歎息道：「只是我們不在這兒。」她苦笑說：「你們是在我的心裡。」我醒來聽到夜間溪流的潺潺，臺烏達樹的蕭蕭。

84

在綠和黃的稻田上空，掠過被急追的太陽尾隨著的秋雲的陰影。

蜜蜂忘記去吸取牠們的蜜；陶醉在陽光中，傻里傻氣地鼓動著翅翼嗡嗡而鳴。

在河中小島上的鴨群，毫無原因地高興得呷呷亂噪。

不讓任何人回家，兄弟們，今天早晨不讓任何人去工作。

讓我們去襲取蔚藍的天空，一面奔跑一面掠奪空間。

笑聲浮動在空際，好像泡沫浮動在海潮上。

兄弟們，讓我們在無調的歌聲裡浪費掉我們的清晨吧。

85

你是誰啊，讀者，你一百年後誦讀我詩篇的人？

我不能從這春天的富麗裡送你一朵花兒，從那邊的雲彩上送給你一縷金線。

打開你的門戶，展開你的視域吧。

從你繁花盛開的園子裡，採集一百年前消逝花朵的芬芳記憶吧。

在你心的歡樂中，你也許會感覺到一個春晨所唱的當前歡樂，越過一百年，播送來了牠愉悅的心聲。

採果集

泰戈爾 著　糜文開、糜榴麗 譯

泰戈爾在《採果集》中，用詩人的語言捕捉來自宇宙天地間的感動，賦予其故事或讚詠，使詩句恆久地留在讀者眼中、心中。其中亦有許多首關於宗教的詩篇，不論是印度教或佛教，泰戈爾皆將其融入詩中，也可由此見出詩人來自多重信仰國度的背景，分享詩人所領會的靈慧妙境。

頌歌集

泰戈爾　著　糜文開　譯

本詩集是泰戈爾於一九一三年獲諾貝爾文學獎的得獎作品，原名是*Gitanjali*，意思是「頌歌的奉獻」，集內共收長短詩歌一〇三篇，大多是對於最高自我（上帝）的企慕與讚美的頌歌，故書名譯作「頌歌集」。集中充滿著許多微妙而神祕的詩篇，其讚美上帝的各種手法和姿態，尤為高超奇特，讀之令人悠然神往。譯者對印度文學鑽研深入，此版經多次潤飾、修改、校訂，終將難譯的泰戈爾頌神詩呈現讀者面前，值得您一再品味。

漂鳥集

泰戈爾 著　糜文開 譯

《漂鳥集》為印度著名詩哲泰戈爾著名的佳作之一，完成於一九一六年。在他三百餘則清麗抒情的詩篇中，歌頌著大自然的壯闊、人生的哲理、對社會的反思。文字清新雋永、刻劃入微。有如飛翔在天際的漂鳥，以俯視姿態，看盡世間喜樂與哀愁。文字簡潔，而詩者對於世界的感懷與感動卻是涓滴入心！

新月集

泰戈爾 著　糜文開、糜榴麗 譯

《新月集》是泰戈爾以孩子之眼觀看這個世界的作品，在這本詩集中處處可見兒童般的想法及話語，滌淨我們久經世俗的心。兒時的童稚想法透過詩句再現，在韻律之中，發現「童心」的可貴。在〈玩具〉中，詩人說道：「孩子，我已忘記了專心致志於棒頭與泥餅的藝術。／我找出昂貴的玩具來，集合著一大批的金和銀。／你找到隨便什麼，你創造你的樂意的遊戲，我既浪費我的時間，又浪費我的精力，去找我永無獲得的東西。」不妨透過這些珍珠般的詩句，從孩子眼中，了解「慢活」的快樂吧！

國家圖書館出版品預行編目資料

園丁集／泰戈爾著;糜文開,裴普賢譯.——四版一刷.
——臺北市：三民，2023
　面；　公分

ISBN 978-957-14-7603-2（平裝）

867.51　　112000032

園丁集

作　　者｜泰戈爾
譯　　者｜糜文開　裴普賢

發 行 人｜劉振強
出 版 者｜三民書局股份有限公司
地　　址｜臺北市復興北路 386 號 (復北門市)
　　　　　臺北市重慶南路一段 61 號 (重南門市)
電　　話｜(02)25006600
網　　址｜三民網路書店 https://www.sanmin.com.tw

出版日期｜初版一刷 1973 年 4 月
　　　　　四版一刷 2023 年 8 月
書籍編號｜S860130
I S B N｜978-957-14-7603-2

三民書局